www.literaturasm.com

Primera edición: octubre de 2007
Segunda edición: marzo de 2013

Dirección editorial: Elsa Aguiar
Coordinación editorial: Berta Márquez

© del texto: Daniel Nesquens, 2007
© de las ilustraciones: Elisa Arguilé, 2007
© Ediciones SM, 2007
Impresores, 2
Urbanización Prado del Espino
28660 Boadilla del Monte (Madrid)
www.grupo-sm.com

ATENCIÓN AL CLIENTE
Tel.: 902 121 323
Fax: 902 241 222
e-mail: clientes@grupo-sm.com

ISBN: 978-84-675-2142-9
Depósito legal: M-41404-2007
Impreso en la UE / *Printed in EU*

Cualquier forma de reproducción, distribución,
comunicación pública o transformación de esta obra
solo puede ser realizada con la autorización de sus titulares,
salvo excepción prevista por la ley. Diríjase a CEDRO
(Centro Español de Derechos Reprográficos, www.cedro.org)
si necesita fotocopiar o escanear algún fragmento de esta obra.

Pájaros en la cabeza

Daniel Nesquens

Ilustraciones de Elisa Arguilé

Marieta no tenía un pájaro
sobre la cabeza,
tampoco tenía dos, tenía tres.
Uno, dos y tres.
No eran ni jilgueros, ni canarios,
ni verderones, ni oropéndolas,
ni mirlos, ni golondrinas,
ni alondras, ni abubillas,
ni ruiseñores, ni abejarucos,
ni rabilargos...

Eran pájaros
de especies distintas
a las que conocemos,
ya que los tres pájaros no eran
de nuestro planeta Tierra.
Eran de otro lugar
y vivían sobre la cabeza de Marieta.

Marieta quería mucho
a sus tres pájaros,
también a sus padres
y a su hermanito recién nacido,
que era casi tan pequeño
como los pájaros.

Su hermanito no vivía
sobre la cabeza de su madre, no.

Su hermano se pasaba
la mayor parte del día
en una cuna muy bonita,
de madera barnizada
en color miel.
La misma en la que Marieta
pasó sus primeros años
y desde la que sonrió
a sus padres
por primera vez.
La misma en la que,
un buen día,
se agarró a los barrotes,
se puso de pie
y dijo «ma-má».

    Marieta soñó
aquellos misteriosos pájaros
en una de las últimas noches
del mes de abril,
en una noche de tormenta, terrorífica,
de mucho viento, de mucha agua...

El viento se colaba
por las rendijas
que encontraba a su paso,
y silbaba y silbaba
sin detenerse en ninguna estación.

    Los relámpagos
daban paso a los truenos.
Y los rayos eran difíciles de dibujar.
El agua caía con mucha fuerza,
inclinada por el viento feroz
que provenía de las montañas del norte.
A patada limpia.

En la calle,
las estrellas iluminaban
los charcos que cubrían el asfalto.
Los termómetros bajaron algunos grados.
La habitación de Marieta
estaba envuelta en un parpadeo de luz.
En la habitación,
la temperatura era agradable.

Marieta,
en contra de lo que era de suponer
ya que le daban miedo
las noches de rayos y centellas,
dormía placenteramente,
indiferente a lo que pasaba en la calle.

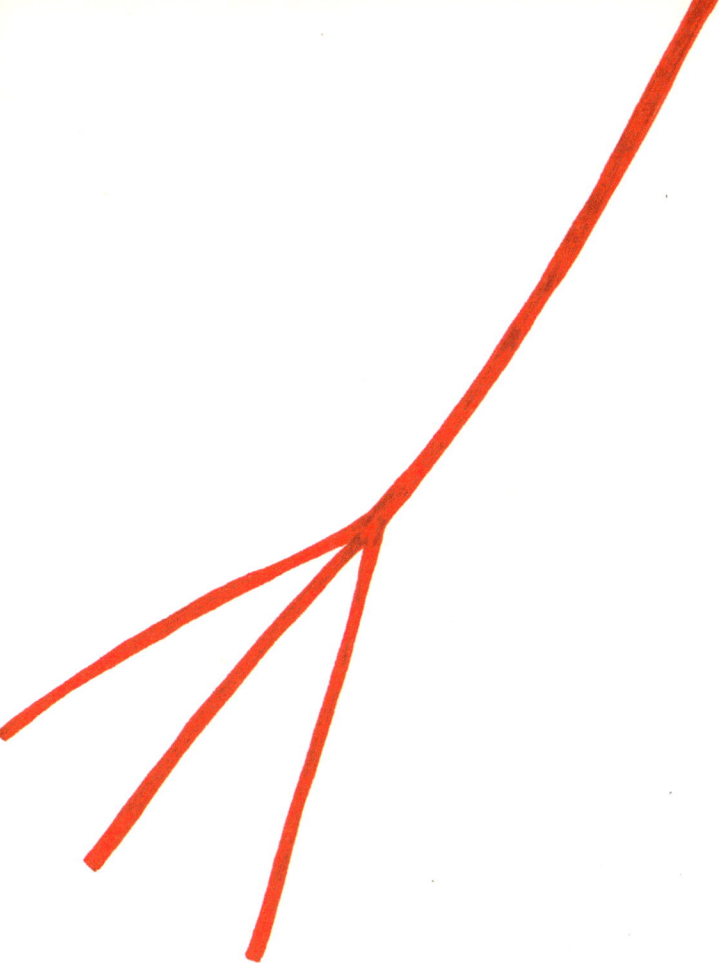

Aquella noche de tormenta,
Marieta durmió como un lirón,
o «como un tronco»,
que decía su padre.
Pero... algo le molestaba en la cabeza.

Con la luz del día colándose
por las rendijas de la persiana,
Marieta se despertó.
Se estiró, bostezó,
se recostó en la cama
y se rascó la cabeza.
Allí había algo.
¿Pájaros?
Le pareció que era un sueño,
pero no recordaba
que los hubiese soñado.
Ah, claro,
los pájaros eran un regalo de papá.
Papá siempre la sorprendía
con regalos inesperados.
También mamá, claro.

Se sentó en el borde de la cama,
se calzó las zapatillas
y acudió al cuarto de aseo.
Cerró los ojos,
los abrió y se miró al espejo.
¡Oooh!
¡Tres pájaros!
¡Y qué graciosos!
Nunca había visto pájaros así,
ni siquiera en los libros de la escuela,
ni en los documentales de la tele,
ni en los cuentos de la biblioteca.
Qué plumas tan bonitas.
Qué colores tan divertidos.
Qué agradables.

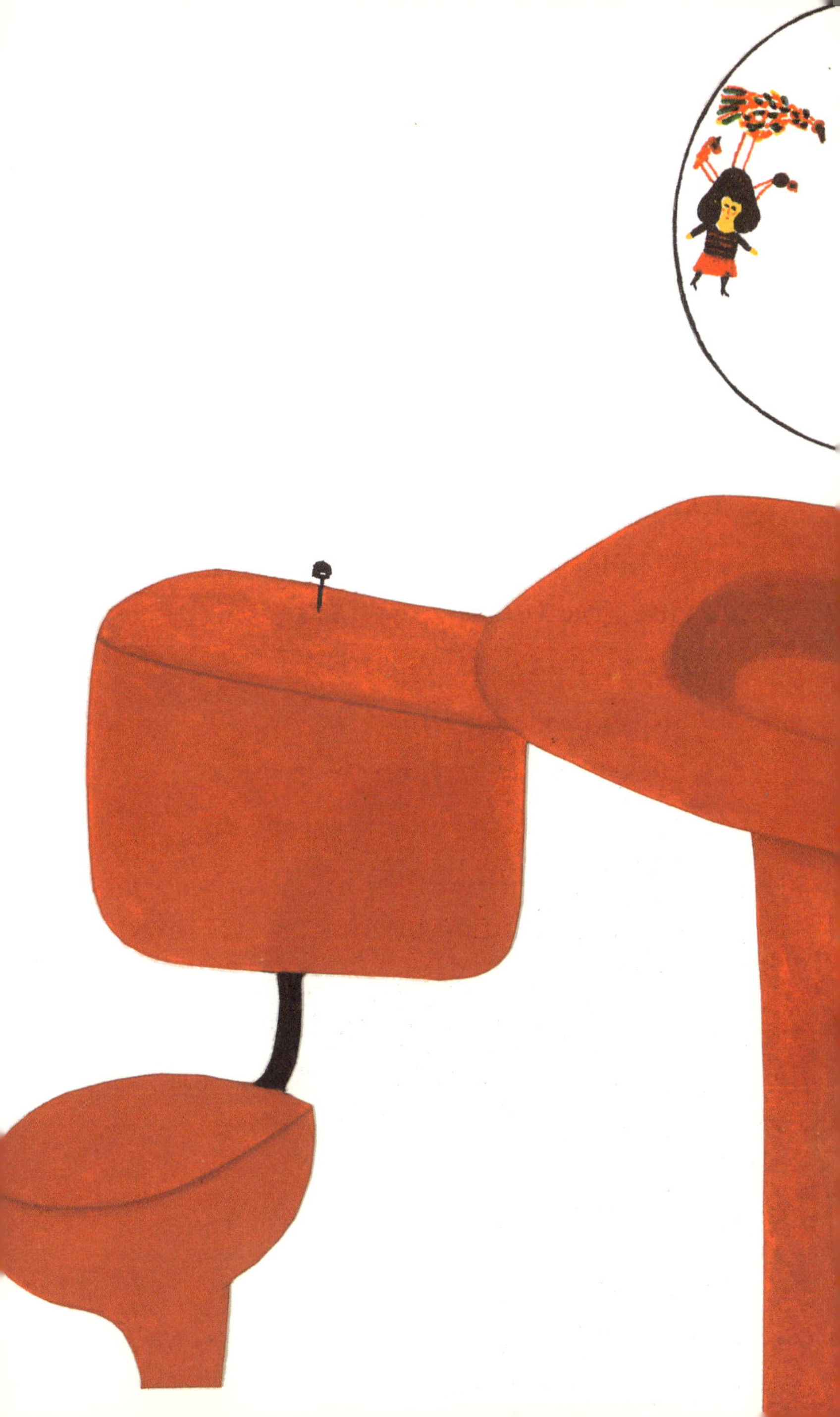

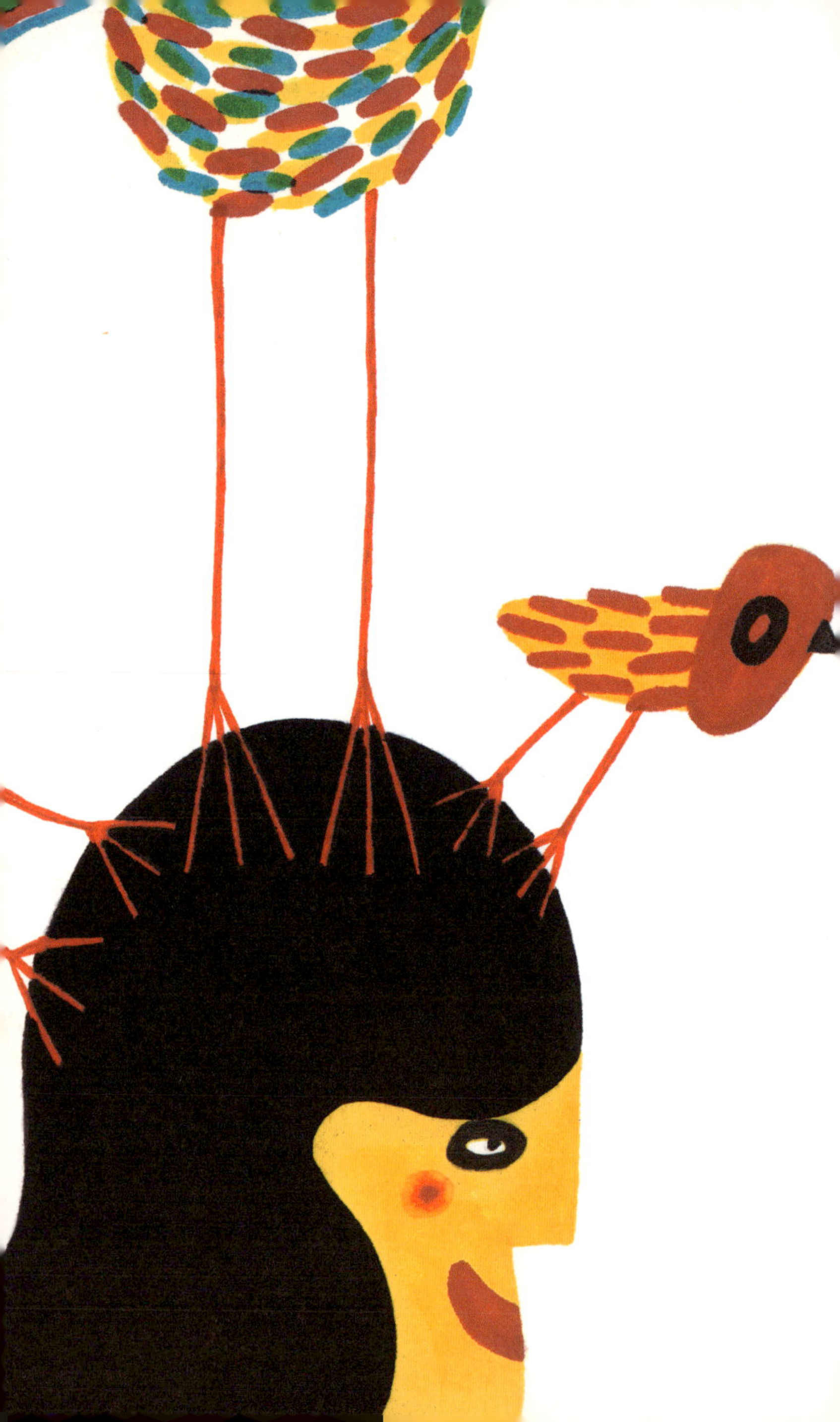

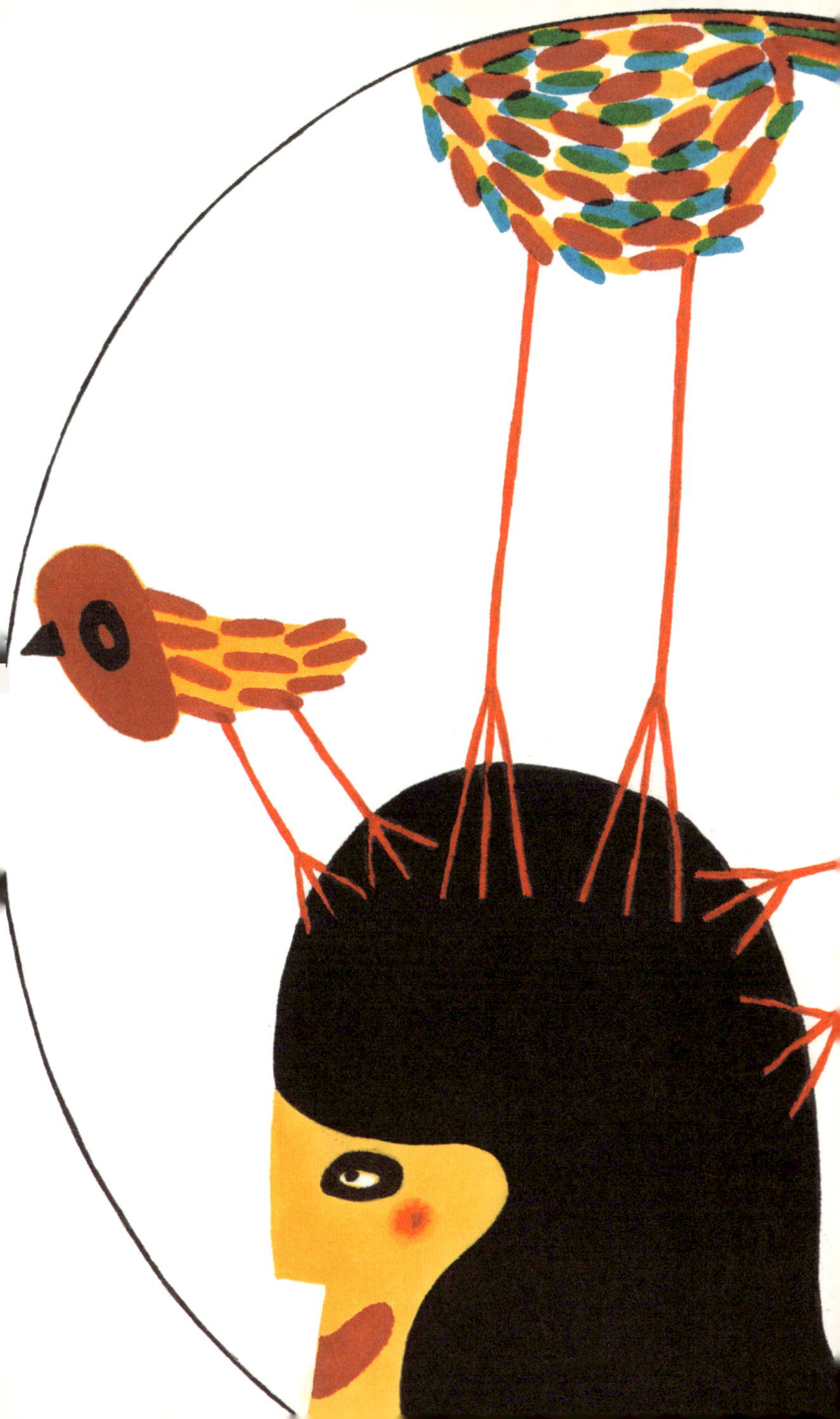

Casi bailando,
entró en la habitación de sus padres.
La cama vacía,
las sábanas hechas un acordeón.
En la habitación
solo se encontraba su hermanito,
medio destapado.

Sus padres estaban
en la cocina,
preparando el desayuno.
A Marieta le llegó el aroma
del café recién hecho,
de las tostadas.
Era sábado, ¡qué bien!

Un pájaro,
el de las plumas de color lima
con puntitos blancos,
señaló la cuna del pequeño,
que también estaba despierto.
El bebé parpadeó
y movió la cabecita lentamente,
sin prisa.
Sonrió cuando su hermana,
con los tres pájaros sobre la cabeza,
se asomó a verlo.
Sonrió y meneó los brazos
y las piernas.
Los tres pájaros aletearon contentos.
El bebé abrió más que nunca los ojos
y les respondió con una sonrisa
en los labios.

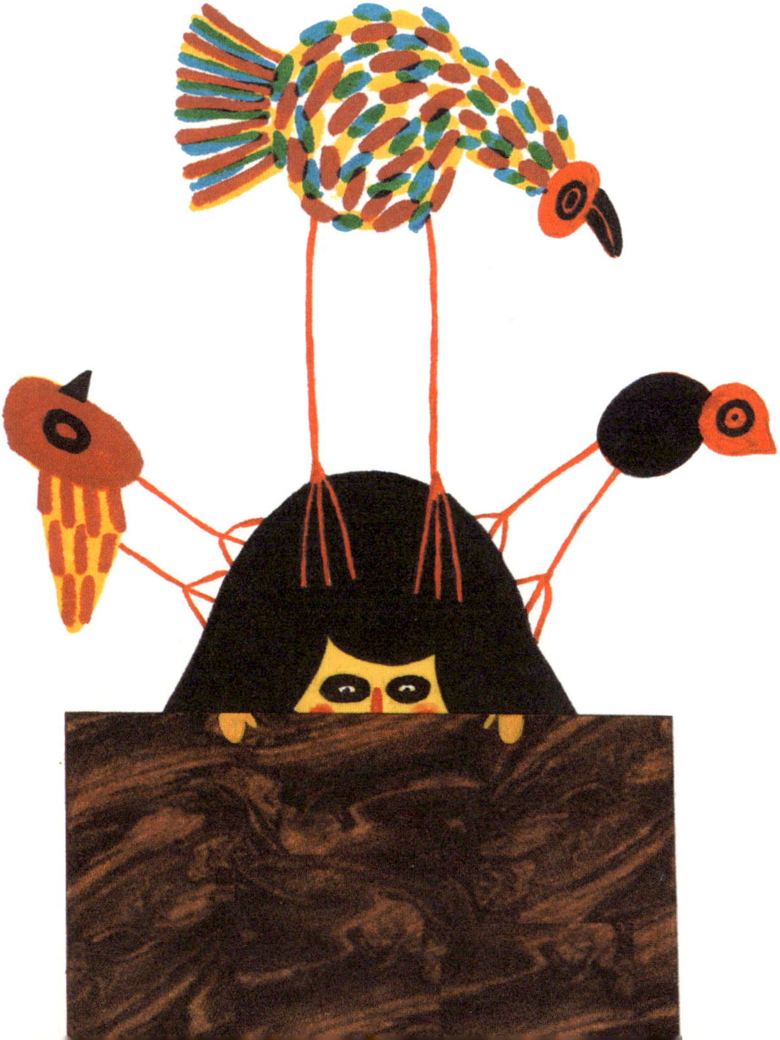

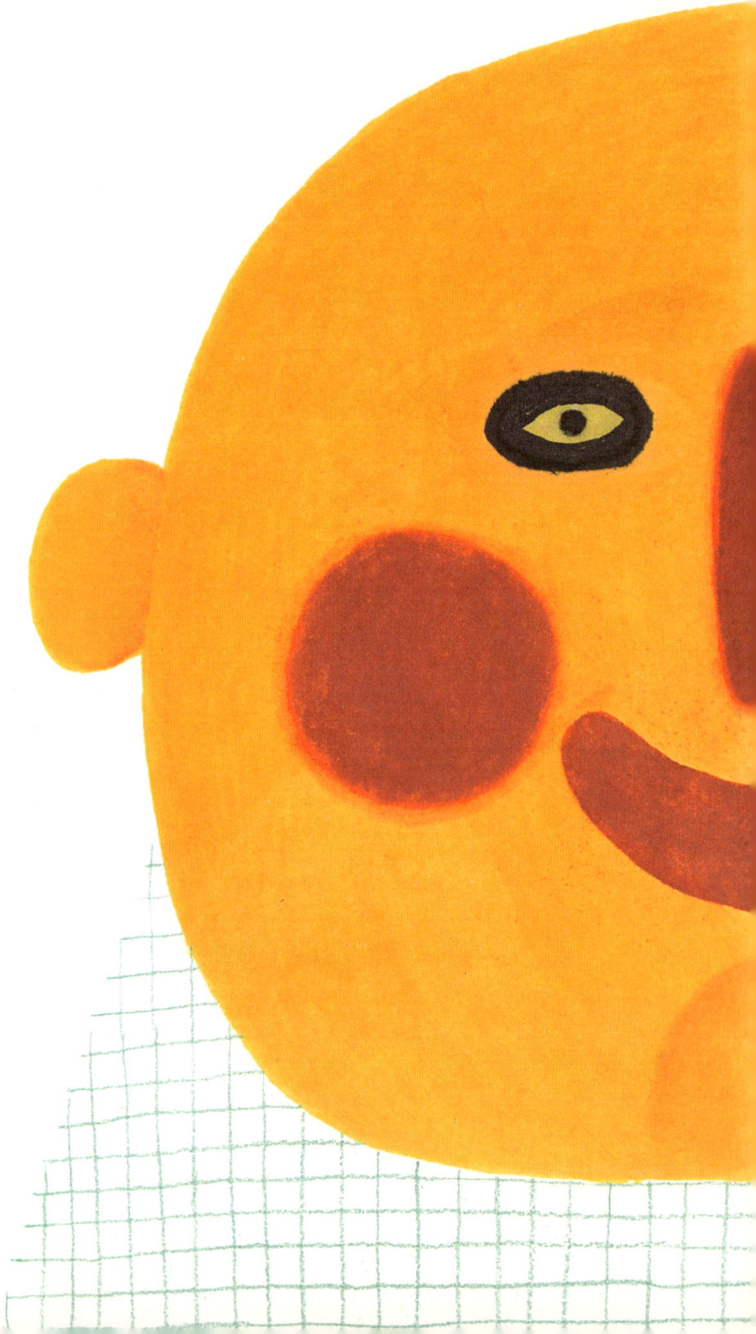

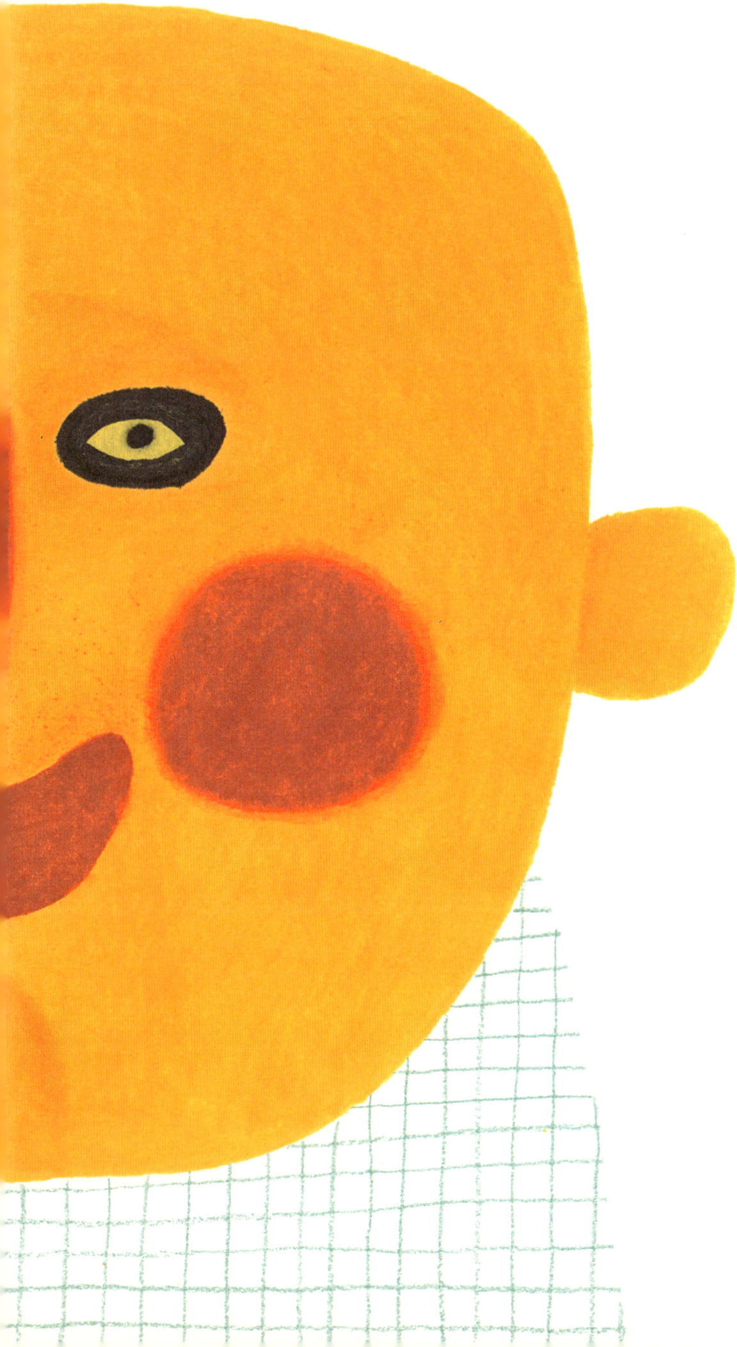

Su madre y su padre no sonrieron
cuando vieron los pájaros
sobre la cabeza de su Marieta.
Se asustaron.
Pero la niña les dijo
que no se preocuparan,
que no sabía muy bien
de dónde habían salido,
pero que eran sus amigos inseparables.
Y que gracias a ellos
ya no le daban miedo
las noches de tormenta.
Sus padres escuchaban en silencio,
con los ojos muy abiertos.

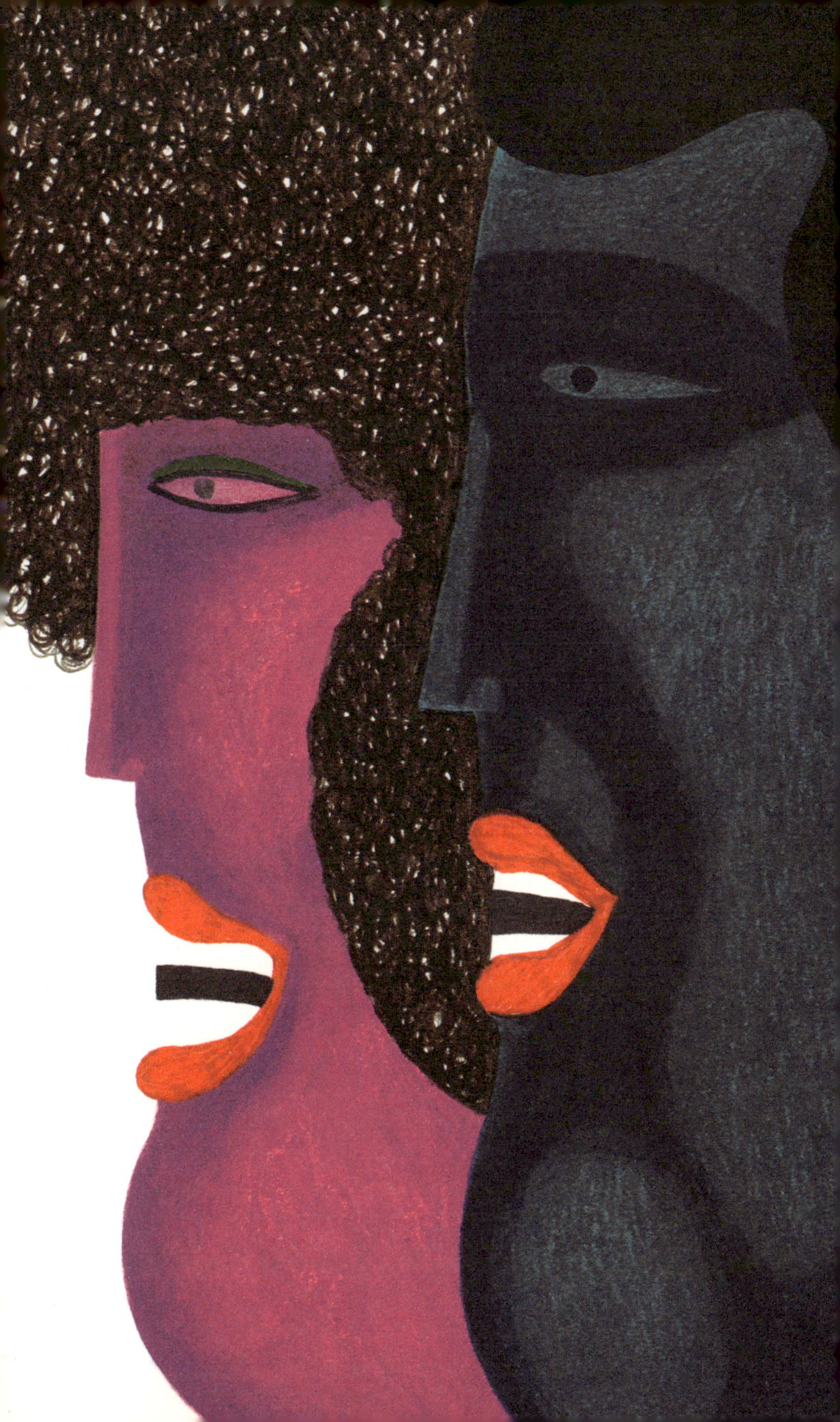

Su padre recordó que,
efectivamente,
por la noche, la tormenta
había sido monumental.
De película en blanco y negro.
Su madre se limitó
a cabecear un *no comprendo
absolutamente nada,
pero si tú lo dices.*
También recordó
la mala noche
que había pasado
el bebé en la cuna.

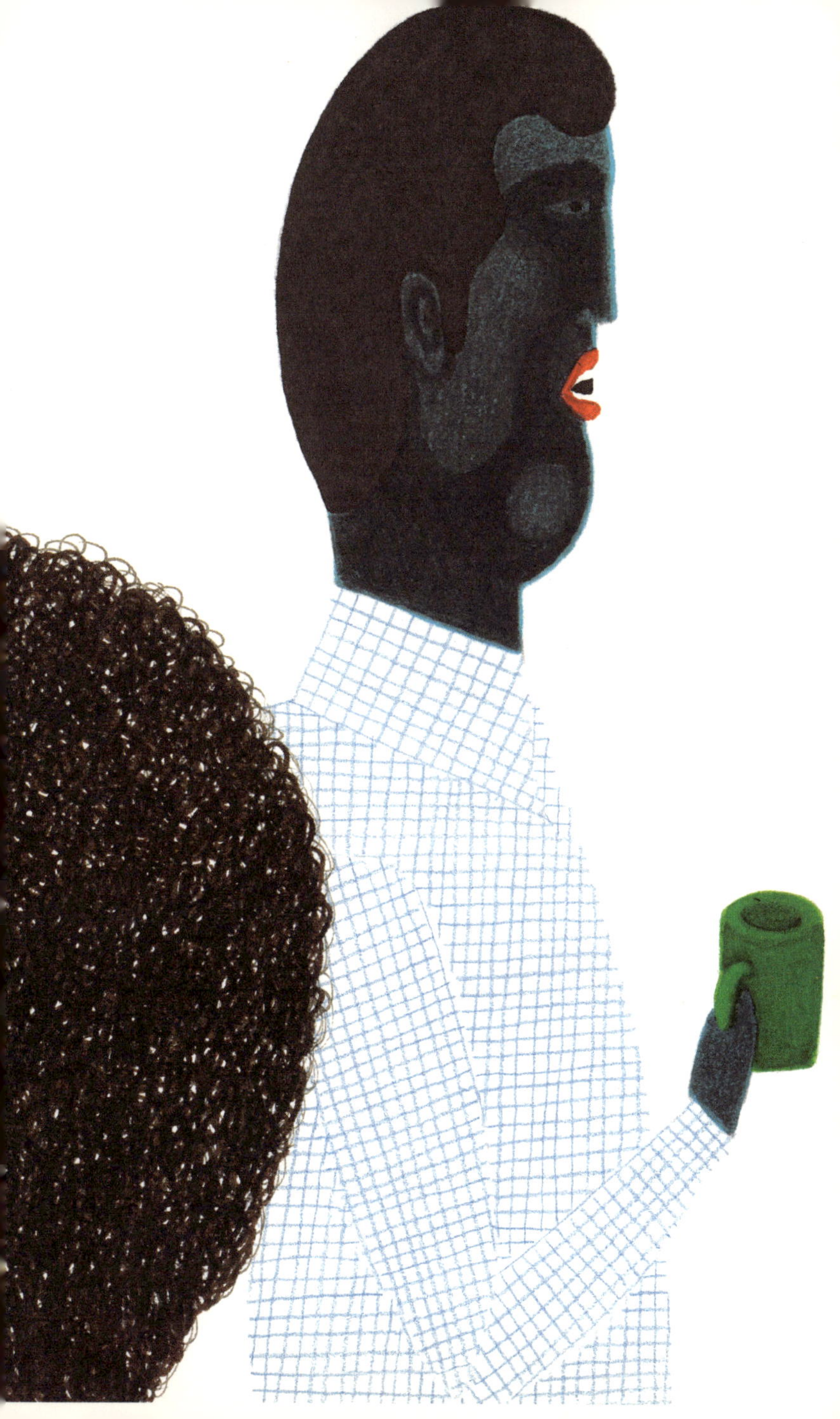

A partir de ese momento,
Marieta ya no se separó
de sus nuevos amigos.
Solo cuando se peinaba
o se lavaba la cabeza,
los tres pájaros sacudían sus alas
y volaban hasta apoyarse
en la barra metálica de la toalla
o en el borde del lavabo.

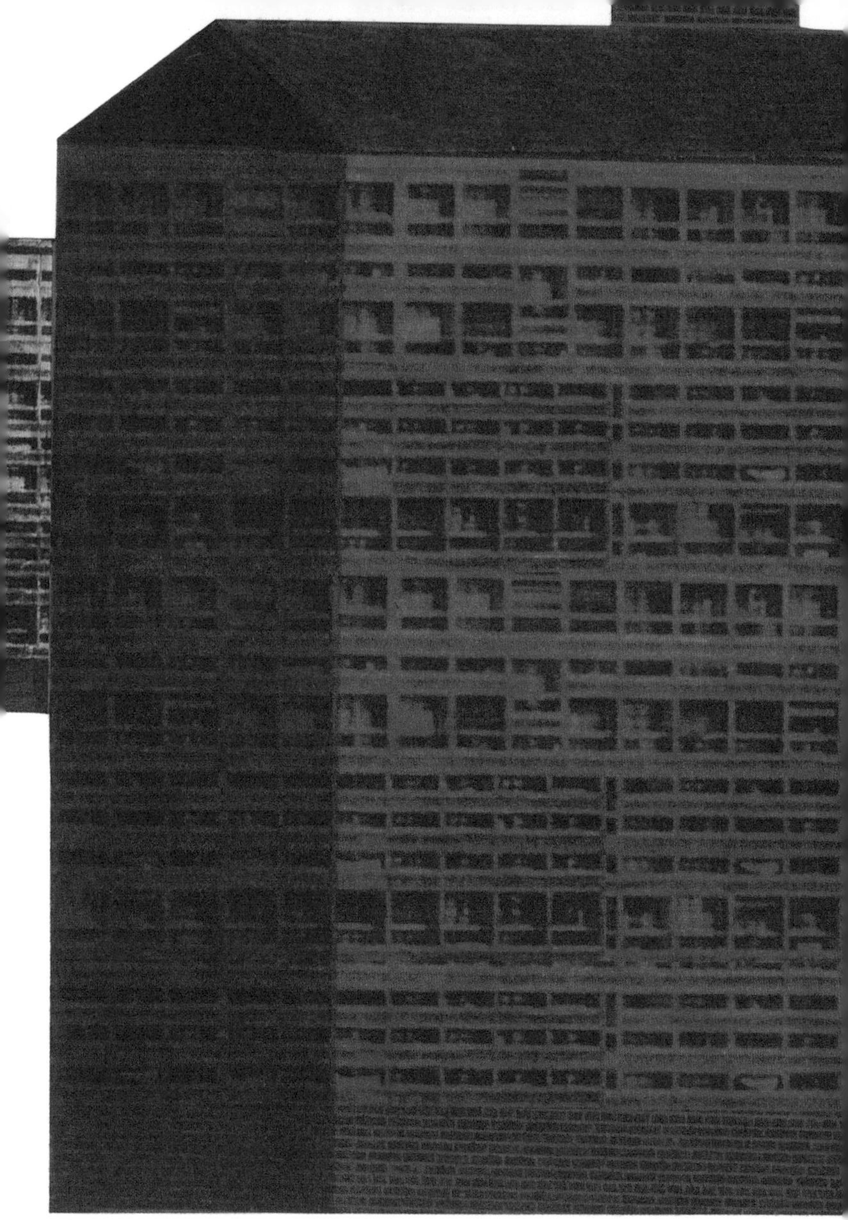

En el colegio,
todos los niños querían tener
tres pájaros en la cabeza,
o por lo menos uno.
Solo Azucena,
una niña de mirada triste
que vivía en casa de sus tíos,
consiguió tener dos ratoncillos
sobre la cabeza.

Pero los ratoncillos,
a los que sacó de una jaula de plástico,
muy traviesos,
saltaban de su cabeza
y se perdían
por los rincones más sorprendentes.

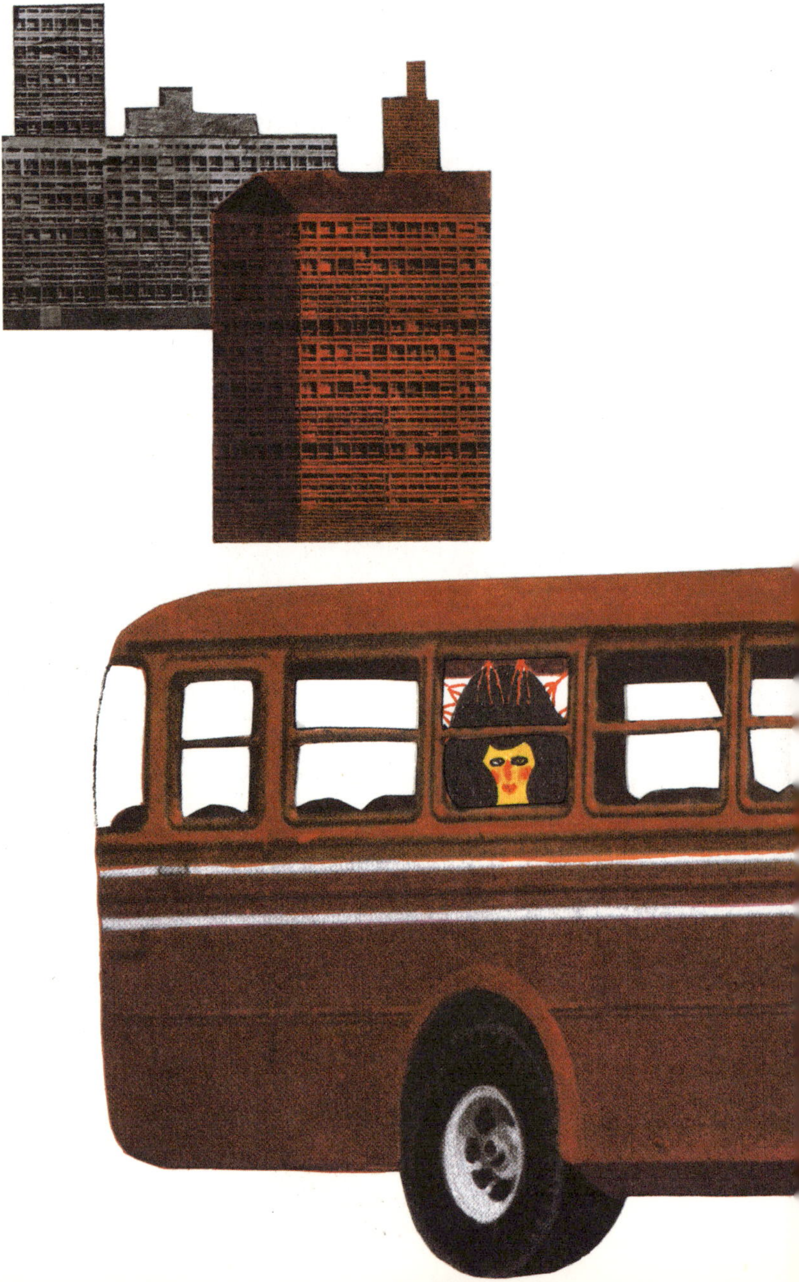

Los padres de Marieta
ya se habían acostumbrado
a ver a su hija con los tres pájaros;
también sus amigos,
sus vecinos y conocidos,
incluso el conductor del autobús
que los llevaba todos los días al colegio
los saludaba amistosamente:
 –Buenos días, Marieta.
Buenos días, tres pájaros.

Cierta mañana gris
en que las nubes sobrevolaban
muy juntas la ciudad,
poco antes de las vacaciones de verano,
después de otra violenta noche de tormenta,
Marieta apareció
en la parada del autobús
sin sus tres pájaros.

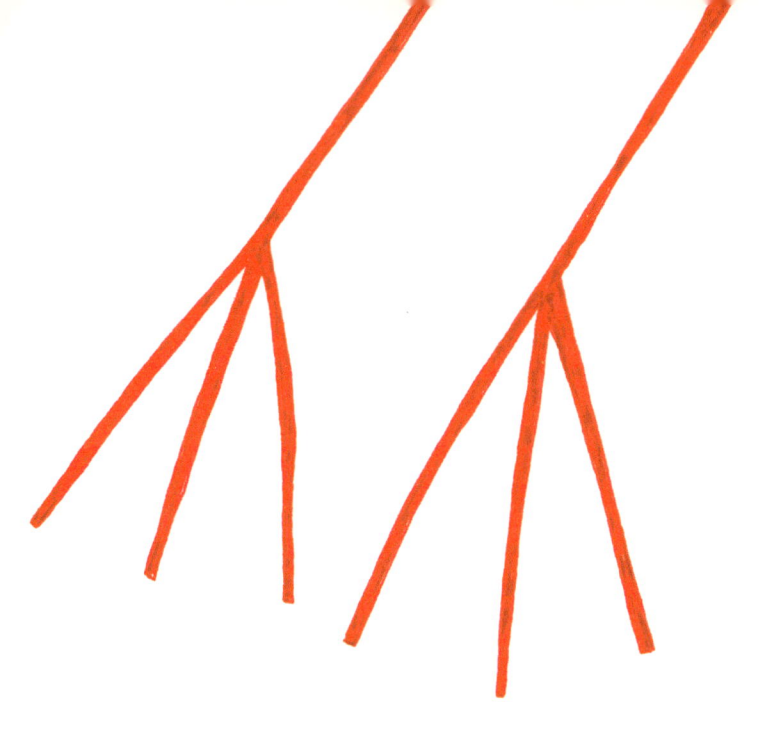

Su amiga Marina fue la primera
en darse cuenta de lo sucedido.
Le preguntó qué había ocurrido
con sus tres amigos.

Marieta se mordió un labio,
hundió las manos en los bolsillos
y le contestó que sus amigos
habían salido volando de su cabeza
aquella misma noche de tormenta.
Y que ya no estaban sobre su cabeza,
tampoco sobre la cabeza de su padre
ni siquiera en la de su madre.
Estaban en la cuna de su hermano,
trinando canciones
muy agradables de escuchar.

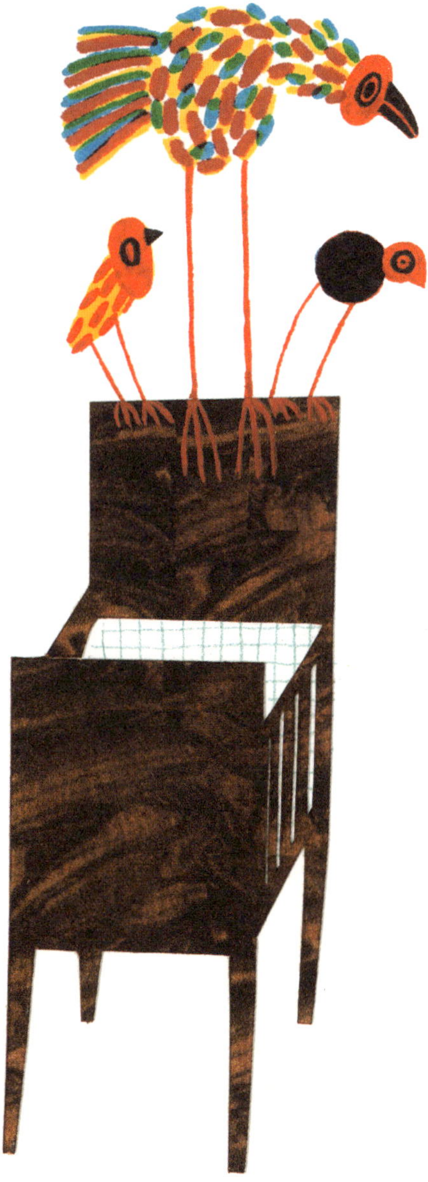

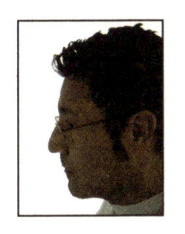

TE CUENTO QUE DANIEL NESQUENS...

... nació a finales del siglo pasado. En un año en el que el Real Zaragoza se quedó campeón de Liga. O casi.

Siempre ha escrito. Y ha leído. Y ha nadado. Y ha buceado. Y ha ido por el pan. «Dos barras grandes y una pequeña», le decía a la panadera. «¿Dos barras pequeñas y una grande?», le contestaba esta. Y Daniel se encogía de hombros.

A Daniel se le ocurrió este cuento en un día de primavera, mirando cómo tres pájaros, en un manzano, piaban despreocupadamente. Así que nada más llegar a casa se puso a escribirlo. Y aquí está. Luego merendó. Una miga se le quedó clavada en la camiseta. Aún la lleva.

Ah, por último: z.

¿QUIERES LEER MÁS?

MARIETA NO ES LA ÚNICA PROTAGONISTA DE EL BARCO DE VAPOR QUE TIENE ALGO SOBRE LA CABEZA. AL PIOJO DE **¡MENUDOS BICHOS MENUDOS!** le pasa exactamente igual: ¡tiene niños en la cabeza! Lo que pasa es que él no lo soporta.

¡MENUDOS BICHOS MENUDOS!
Elena O'Callaghan i Duch
EL BARCO DE VAPOR, SERIE BLANCA, N.º 112

A TODO EL MUNDO LE ASUSTA ALGO. A MARIETA LE ASUSTAN LAS TORMENTAS, Y A WILLI, EL HOMBRE DE NEGRO. EN **¡QUE VIENE EL HOMBRE DE NEGRO!** descubrirás que ese hombre no es tan terrible como parece.

¡QUE VIENE EL HOMBRE DE NEGRO!
Christine Nöstlinger
EL BARCO DE VAPOR, SERIE BLANCA, N.º 72

NO HAY NADA TAN EMOCIONANTE COMO TENER UN BEBÉ RECIÉN NACIDO EN CASA. Y SI NO, QUE SE LO DIGAN A LOS PROTAGONISTAS DE **LIDIA, YO Y EL BEBÉ**, cuando Susana, su nueva prima, llega a casa ¡y ni siquiera quiere comer!

LIDIA, YO Y EL BEBÉ
Dimiter Inkiow
SERIE LIDIA Y YO, N.º 5

¿TE HAN GUSTADO LOS PÁJAROS DE MARIETA? ENTONCES NO TE PIERDAS **PIMPÍN Y DOÑA GATA**, donde conocerás a un pájaro bastante travieso, a quien no siempre le salen las cosas como él quiere.

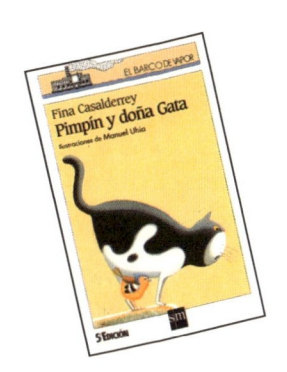

PIMPÍN Y DOÑA GATA
Fina Casalderrey
EL BARCO DE VAPOR, SERIE BLANCA, N.º 78